菅原敏　詩集

季節を脱いで　ふたりは潜る

雷鳥社

目次

四月

April

浴室の音楽

こんな毎日でさえ
暮らしと呼ぶことが
ようやく許されるようになり
あまり美しいとは言えないが
わたしはわたしの暮らしの肩を
やさしく抱き寄せ
何か良いところを見つけてやろうと
朝から晩まで
その時間をなぞってみる
目覚まし時計のいらない月曜の朝
カーテンの隙間から差し込む光
真昼間のバスタブで聞く音楽
運がいいと買えるパン屋

少しの仕事
少しの昼寝
散歩ついでの一杯のお酒
そして
良くないことだと知りながら
繰り返してしまう
幾つかの後悔も含めて
あまり美しいとは言えないが
わたしはわたしの暮らしの肩を
やさしく抱き寄せ
その頬に手のひらを寄せる

あと十年も経てば
おまえのことを幸せな気持ちで
きっと懐かしく思い出す
真昼間のバスタブで

暮らし

アスファルト上の片手袋を拾い上げると爆発する冬が終わって、動物たちが巣穴で目覚めるころ。やさしい光のなかでも私たちは少しだけ狂っている必要があった。ほぼ毎日彼女は家にいるので、通帳なのか未来の姿なのか、私は何かを見ないようにと驚くほどに毎日眠る。オムレツリンゴヨーグルト、朝飯を食べ終わると午後三時。彼女の肌も荒れてきた。幸せな暮らしと正しい暮らし。睡眠薬とビタミン剤。それぞれの違いを交換したら洗濯機、私は彼女の下着を洗う。

春のしわざ　風のしわざ

ねえちょっと　お金貸してよ
ワンピース　あなたの好きな　黄色買うから
と、あのこが言った

ぶらぶらと買い物中
ガラスの向こう見つめながら

もちろんわかるよ　その気持ち
春のしわざ　風のしわざ

あいにく俺のお財布は
誰より若く
中には星のかけらだけ

なにそれ　意味わかんない
と、あのこが言った

春になると　人は色を求める
鮮やかな鳥の羽飾り
きっと昔の人たちも
木の実　つぶして
葉っぱ　煮詰めて
色をつくった
それはきっと春だろう

縄文時代のファッションに
思いをはせてる　その隙に
手早く試着をこなしてる
あのこがきっと　俺の春

レモン色の
あのこが街をふみしめて
すこし色づく
四月が好きだよ

接続詩

昨日は海を見た詩、いまは穏やかな池のみなもを見ている詩、桜もちらほら舞い落ちて悪くない詩。キンクロハジロたちはシベリアに帰ってしまった詩、明日は何をして過ごそうかとぼんやりしてると、犬を連れたかわいこちゃんが目の前を通りぬける詩。柴犬は何かを食べている詩、欲しいものはいつもぼんやりしている詩、遠くの恋人たちの笑い声は昔の私たちだ詩。いまではみんなそれぞれ幸せのために努力をしている詩、健やかに暮らすには工夫が必要なのだ詩、暮らしについて書いてばかりのくせに、本当に望む暮らしがわからない詩。家族が欲しい詩、ひとりが楽だ詩、仕事をしたい詩、何もしたくない詩。なりわめく音楽たちと生きるのか、静かに座って過ごすのかわからない詩。

五月

May

微笑み隠して　僕らは歩く

見えないことが世間に満ちて
呼吸ひとつに夢中になって
僕らはときどきやさしさを
どこかに忘れてきてしまう
彼らのきめごとは
電子レンジで解凍しただけのもので
あまり食えたもんじゃなかった

だれもかれも
かつてなりたくなかった大人に
なってしまっていることに
さっぱり気付いておらず
この国は酸素が薄くなっているので

僕らが森の深くへ分け入っていくのは
何かを諦めるわけではなく
深く息を吸い込むために
緑の葉っぱを口にあて
見えないことばをいまもう一度

パキラ

誰かに会いたいようで
誰にも会いたくない

酒を飲みたいようで
水を飲んでいたい

愛が欲しいようで
ひとりで生きていたい

眠りたいようで目は冴えて
旅したいようで家にいたい

そんな風にただ部屋の椅子に座って
過ぎていく時間に身を任せていると
体の半分が観葉植物パキラになって
しまうので仕方なく仕事でもするか
右手の葉っぱを揺らしながら鉛筆を
削る　植物が木材を　削るなどして
ようやくこんな詩を書いている
という一日だった
ときおり床に葉を落とし
水を飲みながら

封筒の中の街

自分の一番近くのひとが
もうわからない
ずぶ濡れでこちらを見ているのに
もうわからない
気付いていないふりをして
もうわからない
これまでどう生きてきたのか
もうわからない
声も言葉も枯れていくとき
もうわからない
小さな灯りも窓の向こうも
もうわからない

すべて街ごと折りたたみ
もうわからない
あの日の暮らしは封筒に
もうわからない

ドアを閉めて女が言った
もうわからない

背中に気をつけろ

春を迎えるとエゾ鹿のツノは
ぽろんと自然に落ちるそうだが
この街の女たちはといえば
相変わらず
にょきにょきツノを伸ばし続け
ひづめを鳴らして
勇猛果敢にドアを突き破る

私のセーターやTシャツの
背中にあけられた無数の穴
そうして私は逃げるようにして
慣れ親しんだ小さな街を背負い
たどり着いた新たな場所で

荷をほどき　ふと見渡せば
やわらかい風の中に
いくつもの花

六月

June

午前四時

飛行機みたいに落ちゆく私
タオルケットたった一枚
広げて待ってる女の胸は

窓から差し込む朝の光は、かすかな速度で体をなぞり山脈を越える。

高度五千メートルからパラシュートもなく飛び降りる無謀ささえも、受け止めてくれるのなら何度でも。

午後四時

おんなの肩から
するりとおちた
ふたつの紫陽花
ゆかのうえ
きせつをぬいだ
しろいせなかの
みずたまり

ざあざあ雨

・・・・・・・・
・・・・・・・・・・・・・・　・
・・・・・・・・・・・　・

ざあざあ雨が
ふりだした
もしか・たら永遠を
あの・に見つける
かも・・ないけど現実は
あやうい日々にもたれ
本当と言いはって
過ごし・いる
にせもの

・・・・・・・・・・・・・・　・
・・・・・・・・・・・・・・　　・・
・・・・　・・　・　・

・・・・・・・・・・・・　・
・・・
・・・・・　・・　・
ざあざ・雨が
ふりだした
や・・いでよ眠るまで
みずのなかの・かな声
・れてもいい靴なんて
持っていないわたし・こと
ひろいあげて
ひと・・りしたの
本当のひと
・・・・・・・　・・・・・　・　・
・・・・・
・　・・・・・・・・　・・　・

いま

わたしの夜が
はだかで
階段を上がってくる

過去と未来の振り子は止まり
音のない水面を打つ
ちいさな尾びれ

若さに溺れたわたしたち
馬鹿な男が群れをなし
海にざぶざぶ入っていくのだ

七月

July

冷たい水

肌と肌の輪郭が
あいまいに消えされば
国境を越えて
なめらかな山の稜線
カーテンの隙間から
初夏の日差しが
背中を撃ち抜いて
ちいさな午後の死
ラジオのニュース
遭難者二名
同じコップで水を飲み
眠りに落ちる前に聞いた

ひとつのからだで
いきるための理由

この季節の常だった
走り去って行くのが
空の青さを吸い込んだ
素早くラジオの音量を上げ
騒ぎ立てているのだが
ここから出してくれと
十年の歳月が
トランクの中からは
バックミラーに過去が流れ
彼女は結婚しなかった

鏡の詩

かもめ

これ以上なにを望むのか
地球で最も楽な暮らしを
手に入れた男は
日がな砂浜　波と砕けて
ずっと百年　コカ・コーラ
そろそろ潮どき
海にこぎだし

夜はこうかい
おまえのスカート
みたいにふくらむ
ふねの帆が
風をはらんで
遠い街のパナマ帽
まわる地球を指先の上

恋は水色

ありとあらゆる世間のうわべに
背を向け　ただひたすらに
微笑みだけを追いかけて
たどり着いたこの島に
邪魔するものなど　何ひとつなく
波間を走る真夜中のタクシー
いくつもの列島　はしごすれば
朝焼けのかもめ
飲み込むばかりの言葉を海に撒き散らし
仰向けに倒れこんだ甲板
ぎらりと光る太陽に目をくらませ
錠剤を探すポケットに貝殻
粉々になって尻の下

かつての夏を繰り返し
濡れたからだでレコードに
針を落として恋は水色

何もかもに飽きてしまったら人は自ずと海に足を向けるものらしく、深く潜っては昔なくした日々を探す。深夜のタクシーは波を蹴って、イルカ、飛魚、海亀たちを追い越し、夏を目指して朝焼けに溶けゆく。

八月

August

半袖を着ない理由

ほそいゆび／周遊バスで／鎖骨まで／
ふたつのプール／おぼれるための

どうしても／あの／こ／がほしい／自転車で／
時速100km／交番の前

かわいいね／だけど／あの／この／心にも／
わにが一匹／すんでるんだよ

プールにも／海にも／入っていないのに／
ゴーグルのなか／水でいっぱい

一秒

カーテンに頭撫でられて
起きるいつもの十三時
時計の針がすこしずつ
心臓に刺し込まれる
この毎日から
黒ひげ危機一発みたいに
まだ見ぬ世界にとびだして
あなたの膝まで辿り着きたい
ひとつの時代の最後の夏に

髪を切る意味

床に散らばる
過去の断片が身を寄せ合い
テディベアより柔らかな
黒いけものになって
誰かの指の記憶を引き連れ
もう二度と戻ってこない

夏の風がすべてを洗い流したら
短いえりあし　手のひらで
鏡越しのさよならを

白と黒

車がずらりと連なって
クラクションが鳴りわめいている
ので男は
果たしてこの渋滞の始まりは何かと
タクシーを降りて
蛇の頭でも探すように
歩きゆく八月の真昼間
たどり着いた雑居ビルの前
狭い道にトラックを止めて
配送業者の男たちが五人がかり
古いピアノ
ビルの中へと運ぼうと
躍起になっているのだが

ドアはピアノを頑なに拒み続け
どうしても通り抜けることはできない
繰り返すうちにエナメルの塗装は剥がれ落ちた
白と黒の鍵盤はぽろぽろこぼれ落ちて
乾いた音符をいくつか奏でたあと
ひざから崩れ落ちて死んでしまった
男たちは汗を拭きながら
タバコを一本吸った
そしてピアノの亡骸をトラックに積んで
走り去っていった
ので女は
骨のような白鍵を一本拾い
それからタクシーを拾った

九月

september

おまえは知らない

金木犀の香りが
本当のドラッグだって
まだ知らない

しあわせは
ほんのちいさな
くちびるのかたち
ってことも
まだ知らない

真夜中に大人は馬鹿で
しょうがないってことも
まだ知らない

眠れずに
新聞配達のオートバイが
朝をまき散らすことも

裸さえ脱ぎ捨てて
海に飛び込み
昔を探すことも

封筒の中の鍵だけが
飛行機に乗って
戻ってくることも

あのころの
おまえはまだ
何も知らない
だけなんだね

青が争う夜のしずか

青が争うと書いて
なぜしずかと読むのか
分かるような気がする夜
池のほとりで
虫の音に横たわれば
いつのまにか時間をなくし
はるか昔に生きていた
あのひと　このひと
あのひ　このひが
金木犀の香りと共によみがえる

いまとなっては水面に
ビルの明かりが揺らめくけれど

あなたが過ごしたあの夜は
月あかりと　ちいさなひ
車の音など　ありもせず
自転車の音　電話の音
足音さえもない夜だった

たった百年　二百年
夜はずっとしずかだった
静寂の中のひとはただ
静寂の中のまなざし
静寂の中のことば

昔のあなたも金木犀の香りに
なつかしさ　さびしさでは
言い表せない感情を
同じように感じたのだろうか

甲高く　鳥がひとこえ叫び
俺は「ああ、いかん」と我に返って
おしりの葉っぱを右手ではらい
今夜も時間と無駄金はらい
やみくもにならべた言葉を
気恥ずかしく思いながら
いつもの道を
のろのろゆくのだ

裏窓

すべての窓を開け放ち
仕事するかと机にむかい
とりあえずビールを一本
夕暮れ遠い空はみずいろ
カーテンがゆらゆら揺れる
このカーテンのかたちが
いまの俺の幸せのかたち
かもしれないかもしれない

たかだか風を感じるだけの
このささやかな幸せを
忘れないようにしないとな

ひとりで生きる気楽さと
少しの不安をつまみつつ
えんぴつころがし
いつものビールをもう一本

日曜日

ピンクの夕焼け
窓枠で割れて
女の尻

十月

October

机に海

ときに溺れ
ときに釣られ
ときに食われ
ときに子を産み
銀色に輝く鱗で水面を跳ね

真珠色の句読点を打ち
ページの上をすいすいと
泳ぎだすような
言葉の尾びれを
掴み損ねて
秋が来る

危険な読書

溺れる人が出ないよう
図書館の監視員は
目を光らせているのだが
遭難する人は後を絶たず
僕らはみんな
浮き輪をしながら本を開くべきだった
あのページは潮の流れが速く
危険だと何度も言ったのに
無謀にも飛び込んでしまった人
そこに閉じ込められてしまった人
ときおり彼らを
行間に見つけることがあって

遠くの朝焼け
流れ着いた椰子の実
時間の砂つぶ
ページをめくるたび
僕らは果たして
何を手に入れているのか
分からぬまま
黒いインクの波しぶきを浴びながら

眠り傘

嘘をつきすぎて
石になってしまった
あのひとを
ハンマーとノミで削り出し
「これは最後の恋の化石です」
と博物館に寄贈する

眠り傘をさしていると
突っ立ったまま
そんな夢さえ見てしまう
あのこのとなりで
信号待ちしている最中に

世界でいちばん大きな詩集

縦二メートル
横一メートル
一冊の本を作り
そのページの間に
きみを挟み込み
押し花にする作業

ぎゅうぎゅう挟み込み
押し花のように
ぺたんこになった
思い出たちを　いつか
ゆっくりと眺めるための
一冊の本

きれいな草花、拾った葉っぱ、映画や展示の半券、旅の切符、レシート。そうした日々の断片を何でもかんでも本の間に挟み込んで本棚に戻すようになった。

きっかけは随分と昔、葡萄や林檎の皮さえも本に挟み込んでいた人に出会ってからだった。ページを開けば自ずと思い出がこぼれ落ち、もはや本に書かれた言葉よりも、物が導く記憶によって、在りし日の物語にひきこまれてしまったりする。

十一月

November

古いホテル

窓辺に腰掛けて
いつも通りの街の景色
なまり色の石畳
夜の空気を吸い込めば
めまいするほどの歳月
海より深いシーツ
枕を抱えて漂って
何年待っても届かない
ルームサービスを
待ち続けているので
もう二度と
チェックアウトできない
かもしれないと

絵葉書に書くための
ボールペンに書かれている
ホテルの名前

海の底から鐘の音は

船が戻るのを待っていた女は
波止場に座って果てしない歳月
水平線を見つめているうちに
海に射し込む光になって
海底ふかくの傷跡を

かすかに照らしながら
今も船を待っている
潮の流れに揺られながら
女は今日も鐘を鳴らす
黄色い屋根が並ぶ　小さな港町

おお おんなたち

ほらほれさせて

かれかれさせて

おおおんなたち

たどたどしくも

はだはだけつつ

はだしでいしを

ふみふみしめて

なきながらゆけ

みなみなもへと

たゆたわせかみ

日生 座

羊やかな赤

魚

良たちの 四非

女

毎が民り日生に
三　目

泉をーく寺
糸　弓　日

十二月

December

街のあかり

年に一度ぼくら
真っ暗な街に
あかりを灯して
見たこともない
あまいふくらみ

聴いたこともない
やさしい歌
そうして
あかりを吹き消して
真っ暗な街で
脱いだ服をさがす

まばたき

くらやみのなか
静かにはばたく四羽の鳥
手探りで頬に触れ
まぶたに手をおけば
手のひらのなか
ちいさな鳥が一羽
まばたきははばたき
それで僕たちは安心して
それぞれの止まり木で
眠りにつく
毛布のなかで

彼女の指は誕生日

彼女はたまにマニキュアを塗る
時々じょうずに
時々びっくりするほど
ぶっきらぼうに
さささと塗る
甘皮ちかくに
ぎざぎざの
隙間があっても
さして気にしていないようす

だけど彼女が
マニキュア乾くまで
十本の指
そっとテーブルの上
じっと待っているその姿は
バースデイケーキ吹き消す前の
こどもみたいに透明だから
「まだまだ乾いてくれるな」と
思ったりするのです

嘘ついて星ふえる

マリア様が微笑んだなら
十字を切って
嘘をつく
みんなの知らない
宇宙のひみつや公式を
どこであのこは知ったのか
それは決して
聞いてはいけない

聖書のページを
バターナイフで塗りつぶし
神の声より価値あるものを
その上から書き記す
肉体から離れた場所に
魂のこす方法を
どこであのこは知ったのか
それは決して
聞いてはいけない

一月

January

家

ちいさな家に住んでいる
いまはまだ　ひとりで住んでいる
いつかまた　ひとりで住んでいる

赤い椅子を用意して
待っている

静かに眠る本たちは
開かれるのを
待っている

あなたが来るのを
待っている

その妙な音楽をとめて
はやく　考えなくちゃ
百年後の僕たちの
かたちのない　いれものを

必要な家具

何ひとつ持たずに
三年間過ごしていたものだから
その家に転がり込んでも
使い方も意味さえも分からなかった
服は着たきり
どこでもが食卓
本は一冊
疲れたら溜息に腰掛け
眠くなれば丸くなって眠る
私に必要だったものは
紐を引っ張ると
小さな月を連れてくる
この魔法だけが特別だった

それ以外は
私と彼女の間の
単なる障害物でしかなかった

玄関

玄関には靴がある
時折かかとの高い華奢な靴が
やってくることもある
とはいえ
ある日を境にそういう靴は
こなくなったりする
そうこうしてるうちに
何年もここにいる
見慣れたやつらだけが
丁寧に磨かれて
玄関には靴がある

ただいま
おかえり
そして
さよなら

いくつかの言葉と
玄関には靴がある

キッチン

電子レンジで体を溶かし
錠剤ばかりのスープをすくい
ほら　むせこむばかり愛なんて
二日酔いの頭を撫でて愛なんて
すり減った靴のかかと愛なんて
言葉が膝を撃ち抜いて愛なんて

もはや誰もがあきらめた
地球で最も楽な暮らしを
求め求めて　ずぶ濡れの
うそつき抱いて　食卓へ

二月

February

過去を束ねて川をゆく

ふたりは
それぞれのそれぞれになるために
見えないふり　気付かないふり
傷はひとつ　ふたつ　みっつ
増えていくほど　傾いて
ずしんと倒れた木の下敷きに
なってしまった　ふたりの暮らし
足りなかった言葉は
ビーバーの前歯になって
過去の日々をなぎ倒し
二艘のいかだを作るのだから
わたしは　みずうみ
あなたは　うみに

それぞれのそれぞれぞれになるために
オールのかわりに手のひらを
つめたい水に差し込んで
過去を束ねて川をゆく

何もかも　このページに挟み込み　あなたのことも押し花に
ふざけて燃やしたページから　言葉が逃げて　いつかの香り

褪せた写真に小瓶のしずくを数滴落とし
あの日を取り戻さんとする
後ろ姿を誰が笑うの　こんな雪の日

肩越しに見る景色と共に　ふたりの嘘をすいこんで
かなたの風がひとつふき　数十年の時が過ぎ
なくした切符ひとり指先

わたしはりんご

詩でも書こうかと
万年筆をインク壺に差し込んで
新しいページを開いたけれど
書いているのは
昔の彼女の名前とか　金の計算とか
青いインクも白い紙も
なんだか残念そうにしている
日曜日の夕方

どこに住もうと だれと住もうと
今日も一日
いやおうなしに24時間分
年をとってしまう
未来なんてただ
遠い未来だと思っていたけれど
忘れてしまった夜　帰ってこない本が
つみつみ積み重なっていく

外の世界を見るまでは

とうてい諦めるわけにはいかず

街のみんなは

上手に折り合いをつけていくが

わたしはしがみつく

毛布の端に噛みついて離さない犬

日が暮れても公園で遊び続ける子供

最後まで木の枝にぶらさがるりんご

それらと同様

必死に未来にしがみつき

ひとくちかじって

泣きながら

笑っている

若さの馬鹿野郎たち

いつのまにか　いなくなった
時間という若さの馬鹿野郎たち
ブレーキの跡はどこにもないが
そこかしこに　あたまをぶつけ
気付けば　角を失くした金平糖
口にいれれば　ほろほろ崩れ
幼き頃にしがみついた
カーテンの裾　スカートの裾
いま　もう一度　あたま突っ込んで
小さな声で叫ぶのだ

あわてて掴んだ小枝がぽきりと音たてて
地球の傾斜はときに冷たい角度を持って

俺たち　ごろごろ　下まで転がしていく
芝居はとっくに終わったというのに
みんなはとっくに帰ったというのに
恥ずかしいと思う気持ちが恥ずかしく
最後まで残り続けて楽器と歌う

落ちていく砂の一粒一粒が
おまえの一分一秒でもあり
おまえが出会った人たちであり
おまえが失くしたものでもある

取り戻せない過去を
取り戻すことを諦めない
それが詩を書くということならば
今夜も　ふたつのみずうみを通して
天井の裸電球みつめることになろうとも

砂時計をひっくり返し
幼き頃にしがみついた
カーテンの裾　スカートの裾
いま　もう一度　あたま突っ込んで
小さな声で叫ぶのだ

三月

March

きれいな暮らし

きれいな暮らしが
いつか
海沿いで待っている
申し分のない
奥さんだか恋人と
ちょっと古い車
犬とか猫と庭先で
クルミをトンカチで割る
半分彼女に、ちょっぴり犬に
分けたりして
万年筆をインク壺につけて
おもむろに書き出す
幸せな人間にしか書けない詩を書く
そして味わう
緩やかに流れる甘いひととき
なんの心配もなくふたり
気持ちのいいシーツの上
たまに手紙を書こう

幸せになれなかった
あいつにも
海沿いの住所を記した封筒に
ナイフを入れて破るとき
みんなは何を思い出すんだろう
お金も暮らしも芸術も
ほんとは何も興味がなくて
自分だけが誰かの特別になれればと
わずかな言葉を握りしめながら
まぶしさに目をふせる
それでも
遠くできらめく美しさなんて
悔しいだけで意味がない
だから書こう
万年筆をインク壺につけて
幸せな人間にしか書けない詩を
いつの日か
幸せな人間にしか書けない詩を
書くだろう

五線譜の日々

最後の一日には
(D.C.)が振られ
ぐるりとはじまりに戻り
(Fine)の記号は消され
永遠に繰り返す
サティの曲みたいに
溜め込んできた悲しみが
顔に刻まれる頃でもあるけど

こうしてまた春が来て
またもうすぐ夏が来て
わたしたちは白と黒の
懐かしい未来を
永遠に繰り返す

街

むかし暮らした街を歩けば
砂糖菓子になった公園

むかし暮らした街を歩けば
お母さんになったね　あのこ

むかし暮らした街を歩けば
空っぽの犬小屋が小さく吠え

むかし暮らした街を歩けば
窓からピアノは聞こえずに
むかし暮らした街を歩けば
ありふれふれた小さな痛み

春の光をつまさきに
あの日の影踏み　いまもう一度

はるなんてこい

はるよこい
はもう
おわったのさ
それでも
はるはこい
はやくこい
むかしこい
していたね

さよならが
次の季節を連れてきて
僕たちはまた
あたらしい街
自転車の
車輪で描く
いつかの日々を

あとがき

電話朗読室

菅原敏

すがわらびん

詩人。2011年、アメリカの出版社PRE/POSTより詩集『裸でベランダ/ウサギと女たち』をリリース。執筆活動を軸にラジオでの朗読や歌詞提供、欧米やロシアでの海外公演など幅広く詩を表現。近著に『かのひと 超訳世界恋愛詩集』(東京新聞)、『珈琲夜船』(雷鳥社)。東京藝術大学 非常勤講師

菅原敏
電話朗読室

〇八〇・七一三七・二〇六九

これまで本を出した
際には、全国を巡っ
て詩の朗読をお届け

あとがき

もしも詩が水だったなら、どんな器に注ぐことができるのか。

本棚に差し込まれた小さな海を開いた途端、ページの波間で溺れてしまうこともあるけれど、それぞれに心地よい深さへと潜り潜って、今では遠く無くしたものの輪郭にそっと手を伸ばして頂けたなら。

私にとって「取り戻せない過去を、取り戻すことを諦めない」それが詩を書くということでもあったので、これまで幾重にも着込んできた季節を一度すべて脱ぎ捨てて、あの頃を取り戻すということは、翻って未来に手を伸ばすことにも似ているようです。

本書を手に取ってくださった皆様がそれぞれに大きく息を吸い込んで海に潜り、水の中で目を開けたとき、どんな景色が浮かぶのでしょうか。時々、この波打ち際から潜って頂ければ幸いです。

菅原敏

季節を脱いで　ふたりは潜る

2021年6月30日　初版第1刷発行
2024年11月1日　第2刷発行

著者　菅原敏

装幀　艾文

編集　平野さりあ

発行者　安在美佐緒

発行所　雷鳥社

〒167-0043
東京都杉並区上荻2-4-12
tel　03-5303-9766
fax　03-5303-9567
e-mail　info@raichosha.co.jp
http://www.raichosha.co.jp/

郵便振替　00110-9-97086

印刷・製本　シナノ印刷株式会社

ISBN 978-4-8441-3777-1 C0092